Consuelo Morello

LA FATA DEI BOSCHI

Youcanprint

Titolo | La fata dei boschi
Autore | Consuelo Morello
ISBN | 978-88-31614-22-1

Youcanprint
Via Marco Biagi 6 - 73100 Lecce
www.youcanprint.it
info@youcanprint.it

...a te
a cui è giunto questo libro

grande o piccino che tu sia,
io mi chiamo Luis e sono il messaggero più fidato di Madre Natura.
A me è stato affidato il compito di aprire le porte:
la porta dell'immaginazione per esempio, quella dell'Altro Regno, la porta del cuore di ognuno, quella che conduce a nuove opportunità.
Laddove c'è bisogno di un varco gioioso io intervengo.
Sono stato io per volontà di Madre Natura, ad aprire la porta al vecchio boscaiolo e permettergli di scoprire il segreto del bosco.
Ora apro la porta a te! Ti condurrò in un lontano passato a conoscere la storia della fata dei boschi.
Mio caro amico, il tempo scorre velocemente, la tecnologia evolve e l'uomo guarda al futuro con grandi aspirazioni, ma ahimè c'è il rischio che perda di vista ciò che è essenziale.
Nelle antiche leggende puoi ritrovare la saggezza perduta, e solo attraverso quel che è stato, puoi riscoprire le tue radici per diventare un albero equilibrato e armonioso proteso verso il futuro.
Oggi però non ti devi dimenticare chi sei!
Anche tu, come me, sei un seme di questa Terra che ti accoglie e ti nutre...
Sono certo che saprai dimostrare di essere degno di un così grande regalo!

Buona lettura

il tuo amico

Luis

Molti fatti accaduti in un lontano passato, giungono a noi attraverso favole e leggende.

I racconti passano di bocca in bocca e vengono narrati così tante volte da voci e personalità diverse, che ad ogni passaggio, a causa dell'improvvisato narratore, si modificano.

Lentamente negli anni, mutano i particolari, le scene, talvolta i contenuti; pur non volendo questo accade sempre per i racconti di ogni sorta, tranne che per uno: quello della fata dei boschi.

Nessun abitante dell'Altopiano dei Sette Comuni e neppure un viaggiatore di passaggio, raccontando questa storia, ha avuto il coraggio di modificarla anche solo di una virgola. Forse per un senso di rispetto al bosco e per la sacralità delle verità raccontate, o forse semplicemente per paura dell'ira della natura che vede, ascolta e conosce ogni cosa.

Tutto accadde molti anni fa, nelle terre verdi cangianti, straripanti di aria balsamica dell'Altopiano. Nel mezzo di queste, precisamente ad Asiago, viveva Antonio detto "*Tonin el muson*".

Ogni sera Tonin, col petto all'infuori e le mani poggiate sui fianchi, si recava al balcone della sua grande casa che si affacciava sui boschi della zona a nord di Asiago. Qui osservava orgoglioso tutto ciò che era riuscito a ottenere comperando, barattando e molto spesso usurpando con prepotenza ai poveri contadini del luogo.

Il suo cuore non era mai stato posseduto dall'amore, nemmeno lievemente scalfito dall'affetto per nessuna creatura al mondo, tranne che per sé stesso.

Per questo, la sua espressione col tempo diventò una smorfia di disprezzo e di malumore.

Una sera però accadde qualcosa che gli cambiò completamente la vita.

Mentre soddisfatto si gongolava del suo potere su tutto il territorio, vide in lontananza la sagoma di qualcuno che passeggiava al limite del bosco.

Si trattava di una giovane fanciulla di una rara bellezza.

I suoi capelli erano lunghi e chiari, il riflesso della luna li faceva apparire quasi verdognoli, la sua pelle era pallida e luminosa, e il suo sguardo sincero e sbarazzino lo colpiva dritto in volto. Sembrava che lo invitasse a raggiungerla. La fanciulla si muoveva con grazia e leggerezza, tanto da sembrar che i piedi non toccassero terra ma sfiorassero lievemente l'erba, mentre la sua lunga veste bianca e argentata, accarezzava le rocce, il muschio e tutto ciò che incontrava.

Tonin di fronte a quella visione ebbe un sussulto al cuore e rapidamente si precipitò ai piedi del bosco, ma quando giunse nel luogo dove pochi istanti prima si trovava quella divina creatura, di lei non c'era più traccia.

Era svanita nel nulla. Dileguata in un bosco fitto e nero nel quale Tonin, pur essendo grande e grosso, non aveva il coraggio di mettere piede.

L'unica cosa che gli rimase da fare, fu quella di aspettare con ansia la notte successiva per avere la conferma che non fosse stata una visione.

La notte dopo alla stessa ora, quella creatura scalza e leggiadra saltellava da un sasso all'altro sotto gli occhi di Tonin.

Preso dalla curiosità e da un sentimento sconosciuto che gli invadeva il petto, corse nuovamente da lei, ma quando arrivò alla soglia del bosco era sparita nel nulla.

La stessa scena si ripeté la notte seguente e quella dopo ancora, mentre in Tonin cresceva via via l'ansia di incontrarla, di averla per sé, di farla sua sposa.

Nello stesso tempo però, per lui che era abituato ad ottenere tutto ciò che desiderava, quei vani tentativi di incontrare o, meglio, di catturare la sua dama, si trasformarono presto in frustrazione e rabbia.

Dopo l'ennesimo fallimento, Tonin ogni sera rincasava e malediva il bosco che ingoiava la sua amata, i pascoli dell'Altopiano che le sfioravano i piedi, il vento che giungeva dalle vette più alte che le accarezzava i capelli.

Bestemmiando si scagliava contro tutto, spaccava pentole, piatti, porte e vetrate. Solo il sonno, a notte fonda, placava la sua ira, lasciando un silenzio di pace tra gli abeti e i faggi profondamente scossi da tanta brutalità.

Un giorno però, stanco di quanto gli accadeva di notte, decise di chiedere informazioni in paese; qualcuno di Asiago o una persona di passaggio, proveniente dai comuni limitrofi, forse poteva conoscere quella fanciulla e indicargli la sua casa.

Tonin camminò lungo le vie di tutto il paese chiedendo informazioni a destra e a manca, senza però trovare risposte, fino a quando, esausto, entrò in un'osteria per cercare ristoro.

Quando le sue speranze erano ormai svanite, all'improvviso un vecchietto mai visto prima gli si avvicinò.

Era un taglialegna con i vestiti sgualciti, la barba incolta e due occhietti vispi tra due folte sopracciglia.

Dopo essersi seduto accanto a lui gomito a gomito, lo sconosciuto, sottovoce, e badando bene che nessun altro ascoltasse, iniziò dicendo:

"Le cose che ti sto per dire devi tenerle per te. Capito!"

Poi volse uno sguardo sospettoso alla sala e continuò.

"So chi stai cercando..." a quel punto Tonin, che subito si era mostrato diffidente, si rianimò per non perdere neanche una parola del discorso che stava per ascoltare. Il vecchio intanto, dopo essersi versato un altro bicchiere di vino, continuò:

"...Non dovrei dirle a te queste cose, non sei visto di buon occhio dalla gente del posto per la tua arroganza e il tuo egoismo. *Te si un carogna! Na brutta bestia!* Ma se la natura ti ha permesso di incontrare quella giovane fanciulla, forse ha voluto metterti alla prova per darti una possibilità di riscatto..."

Tonin non stava capendo una sola parola di quel discorso, tranne il fatto che non si trattava certo di cordiali complimenti. In un'altra occasione forse si sarebbe arrabbiato, si sarebbe avventato come una furia contro quel pover'uomo che stava facendo una pausa per sorseggiare del vino.

In altre occasioni forse, ma non quella volta. La posta in gioco era alta, non poteva rischiare di interrompere la narrazione del boscaiolo, che nel frattempo, sottovoce, così come si raccontano i segreti, continuava:

"...Se la natura ti ha dato questa possibilità, perché non dovrei farlo io?

Mi non son nissun, non posso giudicar! Scoltame ben però!
Versi le recie e anca el cor se te si bon!

Una sera mentre tornavo dalla città, attraversando il bosco mi attardai troppo e la notte calò senza che me ne accorgessi. Decisi così di trovarmi un angolino un po' protetto, mi guardai intorno, valutai la situazione e poi scelsi un cespuglio accogliente nel quale sprofondare per trascorrere la notte. Non era certo la prima volta che dormivo tra gli alberi e al chiaro di luna, ma quello che vidi in quell'occasione si incise nella mia mente e nei miei pensieri per sempre. *Xe stà la natura a scolpirme dentro, con na forza che la me ga cava' de dosso tutto queo che no conta, cativeria, invidia, aroganza. Ogni giorno lo go davanti ai oci, la mattina quando me levo su, la sera quando vao in leto, penso che el me compagnerà finchè mòro quel che go visto!"*

Lo sguardo del vecchio si perse in lontananza, come rapito da una visione mistica. Poi si scrollò leggermente e tornò alla realtà e continuò:

"Come ti dicevo, dopo essermi sistemato con cura per dormire, il chiarore della luna filtrò tra le fronde degli alberi illuminando lievemente una piccola radura nel bosco.

Tra il muschio, i licheni e le pietre, iniziarono a prendere forma decine di creature. Uomini, donne, giovani fanciulli e figure leggiadre, danzavano gioiosamente. A quel punto mi stropicciai bene gli occhi.

Son solito a bere qualche *ombra de vin*, ma quella sera non avevo assaggiato *gnanca un goto!* Così resomi conto che nel bosco non ero solo, decisi di stare in silenzio ed immobile per capire da dove diavolo fosse sbucata tutta quella gente. Poco dopo tutto mi fu chiaro. Quelle figure danzanti ed eteree, erano gli spiriti degli alberi. Ad una ad una, grazie alla luce avvolgente della luna, l'anima degli alberi fuoriesce dal tronco e condivide con gli altri la gioia della vita, del creato, della natura.

Rimasi incantato... del bosco di notte si raccontano tante storie caro mio, ma questa non l'avevo mai sentita... forse perché a nessuno è stata mai data la possibilità di vedere, sapere e partecipare... forse perché questo è l'intimo segreto del bosco. *A iera na festa!* La più gioiosa che io avessi mai visto. L'aria fresca accarezzava ogni creatura. Si erano affacciati alla radura anche gli amorevoli elfi, le beate donnette con i loro gomitoli, i sanguinelli avevano cessato di essere monelli, l'orco sorrideva, perfino le streghe tacevano in segno di rispetto di quanto stava accadendo.

Tutt'intorno, in quell'atmosfera quasi irreale, si diffondeva una musica: erano due o forse tre zufoli, arpe e fisarmoniche che suonavano da chissà dove. E c'era pace, negli animi e sulla terra. Il tempo era immobile e mentre la danza degli spiriti della natura proseguiva, oltre al cielo, quella notte, c'ero anch'io come testimone.

Fu proprio là che io vidi la tua amata; era la più bella creatura che io avessi mai visto prima. Era esile ed elegante come una fata, coi lunghi capelli e lo sguardo profondo e sbarazzino. Danzò tutta la notte e quando l'alba fu alle porte si avvicinò alla sua dimora: la betulla.

Non è una donna come le altre quella di cui ti sei innamorato e non potrai mai averla! Si tratta dello spirito della betulla che, incuriosito dagli uomini, o forse preso dalla gioia di vivere, si è allontanato troppo. Tanto da farsi scorgere da te. *Dismentegate de ea!*"

Il vecchio sferrò un pugno sul tavolo e la sua voce si fece forte e severa:

"Lasciala girovagare felice nel bosco e ringrazia la natura per averti dato la possibilità di partecipare a questa magica visione. *Mi la ringrasio matina e sera e lo farò finchè no moro!*"

Tonin non credette ad una sola parola di quel racconto. Si alzò di scatto dal tavolo e imprecò contro quel povero vecchio che, però, la sapeva più lunga di lui.

"*Te sì solo un poro can!* Mi hai fatto perdere tempo prezioso e mi hai illuso di potermi aiutare. Oltre ad essere un ubriacone sei anche un pazzo visionario! *Un mato baengo!*"

Dopo quella sfuriata, Tonin se ne andò più convinto che mai che quella fanciulla sarebbe diventata sua.

Nelle notti seguenti i tentativi di prendere la ragazza furono ancora vani.

La cosa che ormai lo infastidiva di più, erano le parole di quel boscaiolo che gli risuonavano nella testa.

Decise così di risolvere il problema a modo suo.

Per cancellare lo stupido dubbio che quella eterea figura che inseguiva ogni notte fosse lo spirito di un albero, decise di mandare una squadra di uomini nel bosco, alla ricerca di una betulla.

"Andate alla svelta..." ordinò " ... trovate la betulla, tagliatela a pezzi e portatela da me!"

Così avvenne, in un pomeriggio grigio e muto, senza un filo di vento.

Taceva il bosco ai rintocchi della scure. Non respiravano le montagne. Voltavano lo sguardo altrove gli animali sgomenti.

Tonin si sentì soddisfatto. Con i resti della povera betulla ai piedi, si mise ad aspettare la sua amata. Aspettò ed aspettò ancora. Ma quella sera non vide nessuno e lo stesso accadde nelle sere successive.

Da quando la betulla era stata tagliata, la sua misteriosa fanciulla era sparita. A quel punto venne colto da una profonda disperazione, mentre le parole del vecchio si facevano sempre più reali e come un'eco maligna gli riecheggiavano nel cervello, amplificate dalla paura di aver ucciso l'unica creatura per la quale avesse provato un briciolo d'amore.

"Dismentegate de ea... lasciala girovagare felice nel bosco..."

Piangendo, con le mani sul volto, si chinò davanti ai resti dell'albero e dopo essersi asciugato le lacrime, nella visione sfocata dei suoi occhi umidi, tutto gli fu chiaro. Cominciò a scorgere nelle linee del tronco candido adagiato a terra, la figura esile ed elegante della sua amata.

Le fronde lunghe e verdi erano i suoi capelli sbarazzini, mentre il tronco era pallido e argentato come la sua pelle e le sue vesti. Era lei. Non c'erano dubbi. Il vecchio aveva ragione.

Da quel giorno Tonin abbandonò la sua ricca dimora, i campi e i pascoli di sua proprietà per rifugiarsi chissà dove.

Nessuno rivide più il suo volto arrogante e nessuno strinse più le sue mani avide. Solo quel vecchio saggio e illuminato alla vita, seduto al tavolo di un'osteria, fu il testimone di questa incredibile storia.

La raccontò fino alla fine dei suoi giorni, ai grandi e ai piccini indistintamente, perché tutti dovevano conoscerla.

Raccontava la storia di un uomo che non conosceva amore diverso da quello per sé stesso, e convinto di poter possedere tutto e tutti, aveva strappato alla vita una magica creatura: la fata dei boschi.

Il vecchio dopo un lungo sospiro volgeva sempre lo sguardo verso il vuoto, come colto da una inspiegabile tristezza e così rapito concludeva raccontando di un carpino, contorto e solitario che era apparso dal nulla sulla parete rocciosa nella Val d'Assa. Qualcuno disse che Madre Natura aveva punito Tonin, trasformando anch'egli in un albero, ma non in un albero gioioso ed allegro bensì in un albero disperato, inquieto e straziato da un intimo tormento.

Quel carpino visse molti anni. Qualcuno sostiene di averlo visto da poco, sempre duro ed immobile, aggrappato alle rocce fredde, avvinghiato su sé stesso per non cadere nel baratro sottostante.

La storia della fata dei boschi inizia e finisce sempre allo stesso modo, ricordando agli ascoltatori di non violare e non sfidare mai la natura.

Da quel giorno, si diffuse la credenza tra le genti, che se qualcuno avesse inutilmente abbattuto una betulla, strappando quindi una giovane ed eterea fanciulla alla vita, la natura si sarebbe accanita su di lui.

Nell'Altopiano, un tempo Lega delle Sette Terre Sorelle, tutto sembra governato da una misteriosa e meravigliosa forza invisibile a molti, che prende ogni singola creatura per mano e vuole guidarla all'amore, al rispetto e alla gioia di vivere, con leggerezza e spontaneità. Così come fanno i bambini.

Quando ti troverai a varcare la soglia di un bosco nelle nostre terre, ricordati sempre di respirare, di sorridere e di ringraziare per tale opportunità e bellezza. Così avrai lunga e buona vita.

Youcanprint
Finito di stampare nel mese di aprile 2019